CASTELFIDARDO

PAR

R. BRARD.

R. B.

BORDEAUX

CHEZ LES PRINCIPAUX LIBRAIRES

Chez l'Auteur, 44, chemin de Bègles.

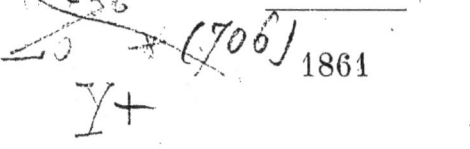

(706) 1861

CASTELFIDARDO

L'amour de la gloire, la soif du dévouement, le besoin d'honorer leur vie, le souvenir de leurs aïeux, la séduction d'une grande action, d'un grand péril, d'une grande mission s'empara d'eux tout à coup, et ils s'écrièrent : « Allons retrouver, avec la piété magnanime des preux, « l'antique héritage de leur valeur. »

(Mgr DUPANLOUP, *Oraison funèbre des Volontaires catholiques*, p. 10)

Léonidas est mort! — Dans le torrent des âges
Tout passe; — l'héroïsme est lui seul immortel!
Léonidas est mort; — mais l'histoire a des pages
Où brûle en son honneur un encens éternel.
   Rochers des Thermopyles,
Tressaillez de bonheur! — Preux de l'antiquité,
Votre sang fume encor sur vos derniers asiles
   Pour la postérité!

Il fume, et, chaque jour, de ses vapeurs lointaines
Déborde sur le monde un flot de souvenirs;
Souvenirs glorieux qui font des capitaines,
Des héros comme vous, comme vous des martyrs!
   O terre d'Italie,
Plus grands, d'autres guerriers, sur l'un de tes coteaux,
Ont combattu pour toi, pour l'Eglise chérie,
   Et trouvé des tombeaux!

1861

Quel est-il ce coteau qu'on ignorait naguères ?
Quel sang a-t-il donc bu pour affronter l'oubli ?
Pourquoi ce sang sublime est-il l'enjeu des guerres ?
Quelles mains l'ont versé ? — Quel peuple est avili ?...
   O colline sacrée,
O modernes croisés dignes de vos aïeux,
Par des faits éclatants que ma lyre inspirée
   Parle de vous aux cieux !

I.

Dix ans avaient fourni leur carrière féconde ;
Un calme bienfaisant répandu dans les airs
Régénérait l'Europe à la face du monde,
Quand, tout à coup, un cri sorti du sein de l'onde
   Vint frapper l'univers.

C'était un cri d'effroi, peut-être d'espérance,
Que poussaient, à l'envi, de turbulents Etats ;
Il venait d'Italie aux rivages de France,
Mendiant le secours de sa toute-puissance,
   De ses vaillants soldats.

Soudain, comme autrefois à l'appel de la Grèce,
Un instinct généreux parmi nous s'éleva ;
Mais les temps sont changés ! — Athène, en sa détresse,
Contre un fils du Prophète implorait, sans bassesse,
   Un fils de Jéhova !

Mais aujourd'hui, qui donc pèse sur l'Italie ?
Est-ce un Bourbon dans Naple ? un Duc chez les Toscans ?
La fille de nos Rois aux bords de la Trébie ?
Du Pontife romain la houlette bénie
   Sur ses pieux enfants ?

Où donc est le despote ? — A Milan, à Venise ?
Nommez les opprimés, nommez un oppresseur !
Est-ce au flambeau du Christ qu'un soldat de l'Eglise,
Parjure à son passé, lâchement se déguise
   En infâme Empereur ?

Non, non ; — c'est ce génie infernal et terrible
Qui couve obscurément ses odieux forfaits
Jusqu'au jour où, gorgé de vengeance inflexible,
Il se montre et ramasse une moisson horrible
   De cadavres muets !

Il osa se hisser sur les marches d'un trône,
Il alluma sa torche au cœur même d'un roi,
Et ce roi ne vit plus qu'un ardent polygone
Précédé de Milan, Lodi, Pizzighétone,
   Un pays hors sa loi !

Que faire ? — Obéissant au démon de son règne,
Ce roi, sur tous les tons, parla de liberté,
Fit de son étendard une mouvante enseigne,
Où se mêlaient deux mots aux couleurs de Sardaigne :
   « *Italie, Unité !* »

Bientôt, du Milanais la tourbe frénétique
Comme un limon fangeux des bas-fonds s'exhaussa ;
Du rebut des Duchés le groupe famélique
Aspira le grand air, à la voix monarchique
       Qui vers lui s'abaissa !

Le coup était conçu ! — Les volcans d'Italie
Joignirent des bruits sourds aux bruits des passions :
De là, cette clameur contre la tyrannie
Qui vint, du monde entier surprenant l'harmonie ,
       Armer nos légions.

II.

Deux mois auront suffi ; — l'Autriche est abattue !
Victor-Emmanuel par nos bras l'a vaincue ;
Le pays des Lombards devient l'anneau de paix,
Et le Piémont s'accroît de nos sanglants bienfaits !
Vous direz qu'avec grâce, orgueil ou sacrifice ,
Turin déjà nous cède et la Savoie et Nice,
Mais qu'importe à Turin ce qu'on en pensera ?
Ce qu'on perd aujourd'hui demain se trouvera :
Déjà Parme a brisé le *joug* de sa Duchesse ;
La Toscane et Modène ont *chassé* leur Altesse ;
Qu'étaient-ils, après tout ? — Des princes, des *tyrans*,
Persécuteurs du peuple et chair à courtisans.
Egalent-ils celui qui, convoitant Venise,
A subjugué le tiers des Etats de l'Eglise ?
Tant d'Etats réunis restaurent un fleuron ;

C'est ce que la conquête appelle *annexion*.
L'annexion prend tout, et tout se légitime,
La raison du plus fort est un droit qu'on exprime ;
Et pourtant, au début de nos brillants exploits,
Ces mots étaient sortis d'une puissante voix :
« *La France n'entend pas changer ici vos maîtres !* »
Ils ont fui, cependant! — L'Italie est aux reîtres,
En proie à des bandits venus de tous les coins,
Disparates soudards que la révolte a joints,
Hongrois, Italiens vomis par tous les bouges,
Flibustiers enfouis en des chemises rouges,
Cohortes sans pays, sans honneur, sans aveu,
Sans âme, sans pudeur, sans croyance et sans Dieu!
Voilà, de la Sardaigne aujourd'hui janissaires,
Ceux qui sont acclamés par les cris populaires !
Anviti mis à mort, traîné par des bourreaux,
De ses chairs aux pavés laissant quelques lambeaux,
Atteste leurs forfaits et les dénonce au monde ;
Son sang bout, rejaillit et bientôt les inonde !
Contre de tels excès qui donc a protesté?
Les assassins dans Parme auront l'impunité !
Deux hommes seuls, deux Rois, en butte aux âmes viles,
Résisteront dans Rome et dans les Deux-Siciles :
Pie est le nom de l'un, l'autre a nom François-Deux.
Ou vainqueurs ou vaincus l'univers est pour eux!
François est un Bourbon, Pie a ceint la tiare.
Monarques, vrais amis des peuples qu'on égare,
Défenseurs résolus du trône et de l'autel,
Avant que d'esquisser un drame criminel,
Permettez que ma voix, hélas ! raconte encore

Des détails dont j'ai honte et que mon cœur abhorre ;
Mais je dois arracher le masque aux hommes faux,
Les frapper de ma plume, ainsi que d'une faux,
Et, clouant, sans pitié, leurs infâmes visages
Au pilori vengeur des plus sanglants outrages,
Montrer au monde ému de tant de lâcheté,
Où gît l'hypocrisie, où gît la vérité !

III.

Malheur ! trois fois malheur à qui cède à la haine !
Souverain, il se livre et le méchant l'entraîne :
Tel François réunit les hommes en faveur
Pour sauver ses sujets de leur propre fureur.
Il en fait ses gardiens, il en fait ses ministres ;
Mais, au sein du Conseil, des figures sinistres
Préparent sourdement les esprits agités :
On apprend que de Gêne, aux nocturnes clartés,
Deux navires, partis sous voiles inconnues,
Vont jeter en Sicile un ramas de recrues ;
Qu'à leur tête est un chef, fougueux aventurier,
Héros cosmopolite et soi-disant guerrier,
Dont l'audace a trempé dans mille et une affaires,
Dévoué partisan des peuples *unitaires,*
Et qui, pour leur prouver sa tendre affection,
Leur apporte les maux nés de l'invasion.
Garibaldi ; — tel est ce fléau du vieux monde
Qui, sous les yeux de tous, hardiment franchit l'onde,
Arrive, aborde et dit aux bons Palermitains :
« Frères, voyez en moi l'homme de vos destins ! »

On l'accueille en sauveur, et la pauvre Sicile
Préfère au roi qui l'aime un émissaire habile
Qui, domptant de sa foi l'incandescente ardeur,
Revêt, pour quelques jours, la peau d'un Dictateur.
Dans cette île pourtant, trop crédule et mutine,
Est un homme énergique; — il commande à Messine :
Fergola se souvient qu'en des jours plus heureux,
Il reçut de son roi tout pouvoir en ces lieux,
Que dans sa main fidèle il tient aussi la foudre
Prête à changer Messine en des monceaux de poudre ;
Mais son âme frémit à ce malheur si grand ;
L'œil tourné vers Gaëte, il espère, il attend !
Gaëte, seras-tu le port dans le naufrage ?
Le dernier boulevard d'un roi sans apanage ?
Il n'importe ; — regarde aux bords napolitains :
Au héros de Palerme on ouvre des chemins ;
L'abandon est partout ; — partout la félonie !
Garibaldi poursuit l'ignoble comédie
Dont l'auteur éloigné cherche d'autres succès ;
Oui, l'Attila nouveau comble ailleurs ses excès :
C'est là, sur le terrain d'une lutte inégale,
Que nous allons flétrir un horrible scandale ;
Courage donc, Gaëte ! adieu ; garde ton roi !
Contre ses ennemis défends-le, défends-toi ! [1]

IV.

Tandis que dans le sud la révolte est armée,
Au centre, Emmanuel rassemble son armée.
Rome est l'unique but, mais Rome, désormais,

[1] Gaëte a dû capituler le 13 février 1861.

Est un dépôt remis au courage français.
Nul n'y viendra poser ni ses camps ni sa tente ;
Devant nous la Sardaigne est guerrière prudente ;
Elle respectera l'antique papauté ;
A plus tard d'autres soins, ou d'autre indignité !
Les Romagnes déjà l'acceptant pour patrie,
Pour l'heure, il lui suffit des Marches, de l'Ombrie :
Masi, son colonel, a franchi les confins
Où court la Paglia vers les Etats-Romains ;
On s'étonne, on s'émeut.—Pourquoi vomir ces bandes ?
Et la bonne Sardaigne a réponse aux demandes
Qui naissent des périls qu'elle-même a semés.
Elle feint d'assoupir tant de feux allumés,
Mais, tel est son amour à rendre un peuple libre,
Que ses fiers régiments suivent le cours du Tibre
Des pics de la Toscane aux tranquilles vallons
Où chacun ignorait qu'il fût des rois félons.
Masi désavoué, Fanti lui prend son rôle,
Et, courtisan soumis de celui qui l'enrôle,
Il déclare occuper, par *vœu national,*
Les Etats *asservis* sous le sceptre papal ;
Il apporte, d'ailleurs, la *morale* sublime
Qu'aux peuples délivrés donne un roi magnanime; [1]
Brillante mission bien digne d'un héros !
Pauvre Sarde ! Il croyait intimider des sots !
Le nombre est l'argument qui fait ouvrir les portes ;
Le *vœu national* obéit aux cohortes
Qui, subjuguant déjà Pérouse et Pésaro,
Ont fait capituler Spolète, Orviéto.

[1] Voir la proclamation du roi de Sardaigne

Voilà les hauts exploits de ces foudres de guerre
Qui vont, pour s'illustrer, *vaincre* Lamoricière !
Allez ! — Clio, demain, sur ce sol écrira :
« Ici, le vaincu seul s'immortalisera ! »

O mon Dieu, que ta main puissante
Aujourd'hui s'étende sur moi !
Permets que ma lyre vibrante,
Pleine du feu qui vient de toi,
Avec transport exalte et chante
Les martyrs frappés pour ta loi !
Remplis mon âme d'harmonie,
Ma voix de charmes inconnus,
Mes vers de mâle poésie,
Mon cœur des plus hautes vertus,
Afin qu'un éclair de génie
Brille sur ceux qui ne sont plus !

Tendres soldats, fils de l'Eglise,
Champions de la papauté,
Défaits dans leur noble entreprise,
Défaits dans leur fidélité,
Ils sont dans la Sion promise
A l'honneur, à la piété !
On les nommait des *mercenaires ;*
Mon Dieu, tu les nommes des saints,
Car, pour marcher sous tes bannières,
Te venger d'infâmes larcins,
Ils partaient, nous laissant des mères,
Des veuves et des orphelins !

Puissé-je, au-delà des orages
Dont j'entends le sinistre bruit,
L'œil sur des pilotes plus sages
Guidant leur esquif dans la nuit,
N'assister point à des naufrages
Où la duplicité conduit!
Puissé-je, en cette èré de vie,
Terme heureux de l'iniquité,
Sourire à la jeune Italie,
Et — plus douce félicité! —
Après avoir dit sa folie,
Chanter, un jour, sa liberté! [1]

V.

Près des murs de Lorette, à l'angle où le Musone,
Grossi de l'Aspio, touche presque à la mer,
Entre un double chemin qui conduit vers Ancône,
Des coteaux verdoyants, découpure de l'air,
Limitent l'horizon de leur multiple cône
     Qui se fond dans l'éther.

L'œil sur chaque sommet aperçoit un village,
Des hameaux ou des feux : — Là, c'est Camérano,
Dont le front va se perdre aux limbes d'un nuage;
En avant des Crocète [2] et non loin d'Osimo,
Sur ce fier mamelon, théâtre du carnage,
     C'est Castelfidardo !

[1] L'auteur s'associe ici au vœu de l'orateur chrétien : — « Ah ! vous rêvez une Italie libre ! et moi aussi, je fais ce rêve ; mais je veux une Italie libre et catholique, développant sa liberté dans des voies glorieuses, sans appeler à son aide les perfidies et les agressions, sans abjurer sa vieille foi et ses grands souvenirs, etc. »
(Mgr DUPANLOUP, *Oraison funèbre*, p. 21).

[2] L'auteur a cru devoir conserver le singulier à ce nom, conformément à l'orthographe du général de Lamoricière, dans son rapport.

Les Sardes, dès la veille occupant ces collines,
Par trois divisions; au matin du combat,
Descendaient lentement vers le gué des ravines,
Où passe le canon, que franchit le soldat.
Cercle immense où le fer, prodigue de ruines,
    Circonscrit l'attentat!

Une ferme, pourtant, d'une autre se couronne;
Là, d'épais bataillons se massent dans un bois,
Mais, droit, vers les penchants où le bronze résonne
Se porte avec ardeur, sur trois points à la fois,
Suisse, Belge et Française une triple colonne
    Pour défendre la Croix!

Corbucci la commande, et la ferme enlevée
Aux soldats de l'Eglise assure des lauriers.
Ciel! la ronce ou la pierre en leur sang est lavée!
Leurs membres vont rouler des pentes aux halliers!
Quoi! déjà des martyrs! La terre en est pavée!
    S'ils étaient les derniers!...

Non! — Plus le sacrifice atteindra de victimes,
Plus le mépris public devra s'appesantir
Sur ce vil guet-apens, le plus lâche des crimes :
« Major, à l'autre ferme! Il la faut conquérir! »
Ce mot de Pimodan fait des héros sublimes;
    Ils partent pour mourir!

    « Belges, nobles fils de France,
    » Intrépides Irlandais,

» La voilà, cette éminence,
» Les voilà, ces Piémontais !
» Marchez, dernière espérance
  » Des généraux français ! »

Ainsi chaudement s'exprime
Le valeureux commandant [1]
De la colonne unanime
A s'élancer en avant
Malgré le feu qui décime
  Son ensemble fervent.

Et, de la maison fatale
Que la foi vient d'emporter,
Soudain la troupe papale
Vaillamment court disputer
Une palme triomphale
  Qu'il faut ensanglanter !

D'une ligne de bataille
Atteinte des mille feux,
Elle s'arrête, tressaille
Parmi ses morts glorieux ; [2]
Et, défiant la mitraille,
  Interroge les cieux !

Le Sarde criant : Victoire !
De son fusil inhumain

<hr>

[1] Le major de Becdelièvre.

[2] « De ce bataillon, fort de 300 hommes au départ, il n'en est resté que 84 !
» Il y a près de 60 morts ; les autres sont blessés ou prisonniers. »
     (Lettre de M. de Becdelièvre, commandant les Franco-Belges).

Moissonne encore la gloire,
La gloire, en fils de Caïn !
Il frappe, mais de l'histoire
   Frappe aussi le burin.

Tout à coup, un héros tombe !
Ton sang coule, ô Pimodan !
Adieu ! — Si ton corps succombe,
Ton âme, ainsi qu'un volcan,
Lance, du bord de la tombe,
   Ses laves au tyran !

Pour eux, gens de haute race,
Harcelés et poursuivis,
Tes soldats font volte-face,
Fondent sur les ennemis,
Qui, pressés avec audace,
   Reculent indécis.

Quoi ! la ferme est encombrée
De mourants et de blessés !
Quelle âme n'est déchirée
En les voyant entassés !
Ceux dont la vie est sacrée
   Seront-ils délaissés ?

« Nos cœurs sauront les entendre !
» Ils auraient trop à souffrir,
» Si, ne pouvant les défendre,
» Nous voulions ici périr !
» Dieu l'ordonne, il faut nous rendre,
   » Ou les ensevelir ! »

Et l'on vit, sous bonne escorte,
Les preux de la papauté,
Suivant, brisés, la cohorte
Des prôneurs de liberté,
Insultés jusqu'à la porte
De la captivité.

Colline sainte et glorieuse,
Le sang qui vient de t'arroser
Comme une onde mystérieuse
Tombe pour te fertiliser :
Du sein de tes gazons humides,
Bientôt de compactes vapeurs
Glaceront d'effroi les perfides,
Et soulèveront tes vengeurs!

Castelfidardo , ton village
Acquis à la célébrité,
But choisi de pèlerinage,
Sera sans cesse visité :
Qui ne voudra sur cette terre
Jeter des fleurs et prier Dieu,
Comme devant un reliquaire
Que notre foi mit au saint-lieu!

O Notre-Dame de Lorette,
Quand l'holocauste est consommé
Par des hordes que rien n'arrête,
Implore ton fils bien-aimé :
Qu'après les jours marqués d'épreuves

Et de tant de sang répandu,
Ce sang aille rougir les fleuves
De l'impie enfin confondu !

Mais regardons en bas ! — Dis-nous, Lamoricière,
Quels désespoirs cruels te vinrent assaillir !
Ces généreux enfants étaient là, sur la terre,
Portant sur leurs fronts morts l'orgueil de bien mourir,
Et tu n'avais pas d'heure à donner à leur cendre;
Ancône réclamait ton courageux effort !
Ton bras, héros chrétien, ne la pouvait défendre,
Car la flotte ennemie en foudroyait le port :.
Qui fut traître à son Roi peut trahir le Saint-Siége,
La cause de la terre et la cause de Dieu !
C'est peu que d'être ingrat, on devient sacrilége ;
Tel fut cet amiral qui commandait le feu !
Plus coupables encor ceux dont l'âme plus lâche
Tirait incessamment sur Ancône aux abois,
Du soir au lendemain, sans merci ni relâche,
Au mépris de la trêve et contre tous les droits ! (1)
Sur ces exploits honteux laissons tomber le voile :
La justice exilée au ciel se retira;
Là, les temps accomplis, sa favorable étoile
Pour qui souffre aujourd'hui soudain reparaîtra !

Assez, nobles martyrs de la plus noble cause !
Les saints vous ont reçus aux parvis glorieux
En frères bien-aimés dont la paupière, close
Au terrestre séjour, se rouvrait dans les cieux !

(1) Voir la lettre de M. de Quatrebarbes *(Union de l'Ouest)*.

Elus de la patrie où sont les Machabées,
Si leur gloire grandit en la postérité,
Sous les coups des méchants vos phalanges tombées
Revivront à jamais pour l'immortalité !

Telle sera de Dieu la juste récompense ;
Mais vous, dont l'univers admire le grand cœur,
Pontife illustre et saint, vieillard plein d'espérance,
Quand donc jetterez-vous le fardeau du malheur ?
Je ne sais ; — mais, un jour, triomphera l'Eglise,
Car d'elle il est écrit : « Qui s'y heurte, s'y brise ! »

R. BRARD.

Bordeaux. — Typ. Vᵉ JUSTIN DUPUY et Comp., rue Gouvion, 20.

DU MÊME AUTEUR :

UN DUEL A VALENCE, Opéra-comique.

LES CROIX FLEURIES, Poésies.

LES GIRONDINES, Chansons.

LE DERNIER CARAÏBE, Roman.

POBRECITA, Roman.

CHANSONS COMPLÈTES, Chansons et Romances.

LA PETITE COUR DE LUNÉVILLE, Comédie-vaudeville.

GALSUINDE, Tragédie.

SÉBASTOPOL, Poésie.

POUR PARAITRE PROCHAINEMENT :

THÉATRE DE LA JEUNESSE

2 volumes grand in-18, papier raisin satiné. PRIX : 7 fr. les 2 vol

---

EN VENTE :

CASTELFIDARDO

PRIX : 1 FR.